The Ukulele Jazz playlist

CW00496147

Purple book

© 2010 by Faber Music Ltd
First published by Faber Music Ltd in 2010
Bloomsbury House 74–77 Great Russell Street
London WC1B 3DA

Arranged by Alex Davis
Edited by Lucy Holliday

Designed by Lydia Merrills-Ashcroft
Photography by Ben Turner

Special thanks to Alex & Helen, Caroline, David,
Eleanor, Hannah, Henry, Janella & Rachel.

Printed in England by Caligraving Ltd

ISBN10: 0-571-53566-6
EAN13: 978-0-571-53566-8

o buy Faber Music publications or to find out about
he full range of titles available, please contact your
local music retailer or Faber Music sales enquiries:

Faber Music Ltd, Burnt Mill, Elizabeth Way,
Harlow, CM20 2HX England
Tel: +44(0)1279 82 89 82
Fax: +44(0)1279 82 89 83
sales@fabermusic.com fabermusic.com

Tuning

The standard Ukulele string tuning is G–C–E–A, shown here on the treble stave and piano keyboard. Note that the G string is tuned higher than the C string.

You can tune your Ukulele using a piano or keyboard (or any other instrument that you know is in tune!) or by using an electronic chromatic tuner.

If just one string on your Ukulele is in tune then you can use it to tune the other strings as well.

This diagram shows which fretted notes match the note of the open string above. Eg. Pluck the first string at the 5th fret and match the note to the second open string, and so on.

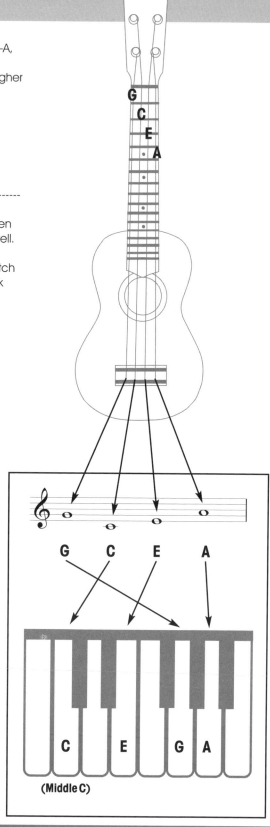

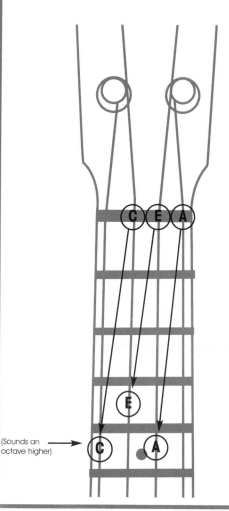

(Sounds an octave higher)

G   C   E   A

C   E   G   A

(Middle C)

Reading Chord Boxes

A chord box is basically a diagram of how a chord is played on the neck of the Ukulele. It shows you which string to play, where to put your fingers and whereabouts on the neck the chord is played.

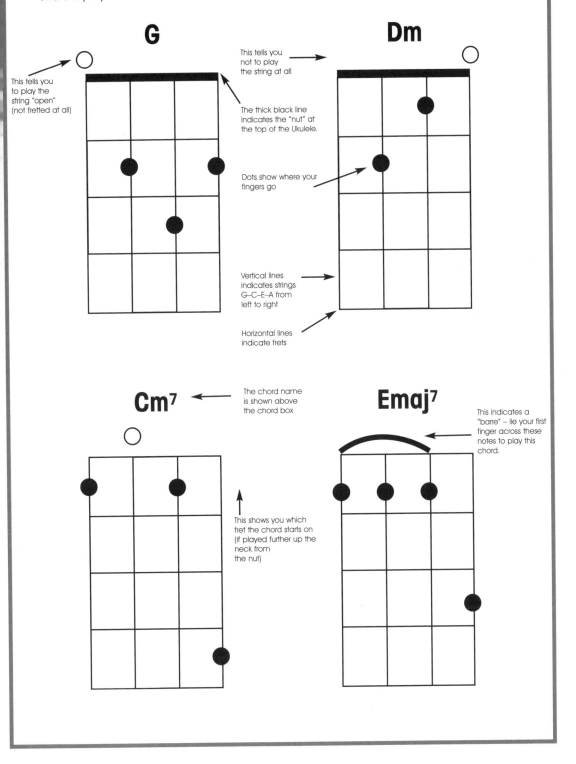

G

This tells you to play the string "open" (not fretted at all)

This tells you not to play the string at all

The thick black line indicates the "nut" at the top of the Ukulele.

Dm

Dots show where your fingers go

Vertical lines indicates strings G–C–E–A from left to right

Horizontal lines indicate frets

Cm⁷

The chord name is shown above the chord box

This shows you which fret the chord starts on (if played further up the neck from the nut)

Emaj⁷

This indicates a "barre" – lie your first finger across these notes to play this chord.

4

AIN'T MISBEHAVIN'

Words by Andy Razaf
Music by Thomas "Fats" Waller and Harry Brooks

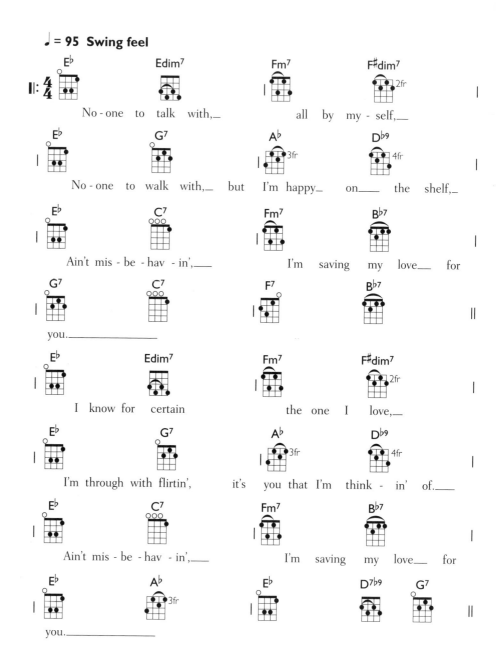

Verse

♩ = 95 **Swing feel**

No - one to talk with,__ all by my - self,__

No - one to walk with,__ but I'm happy__ on__ the shelf,__

Ain't mis - be - hav - in',__ I'm saving my love__ for

you._____

I know for certain the one I love,__

I'm through with flirtin', it's you that I'm think - in' of.____

Ain't mis - be - hav - in',__ I'm saving my love__ for

you._____

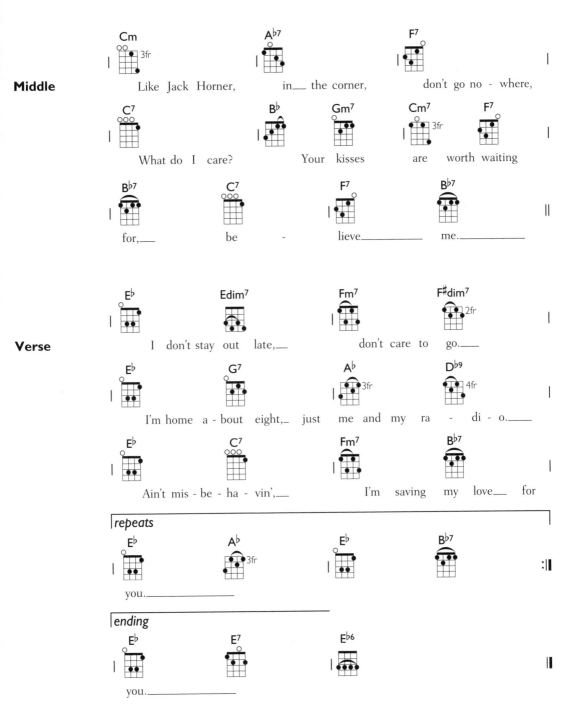

BEWITCHED

Words by Lorenz Hart
Music by Richard Rodgers

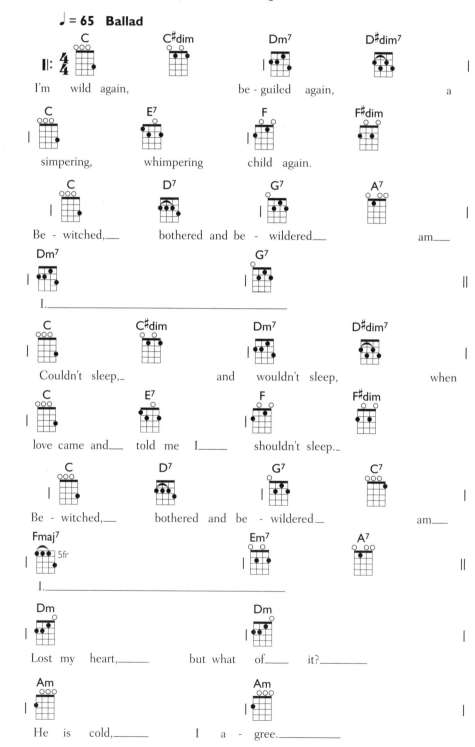

cont.

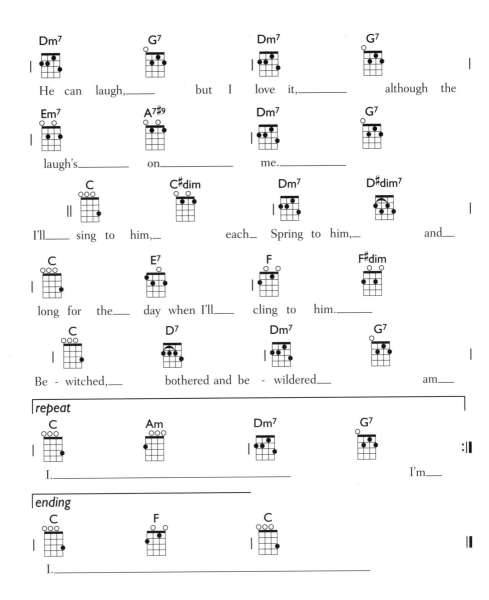

Dm7   G7   Dm7   G7

He can laugh,_____ but I love it,_____ although the

Em7   A7#9   Dm7   G7

laugh's_____ on_____ me._____

C   C#dim   Dm7   D#dim7

I'll___ sing to him,___ each_ Spring to him,___ and_

C   E7   F   F#dim

long for the___ day when I'll___ cling to him._____

C   D7   Dm7   G7

Be - witched,___ bothered and be - wildered___ am___

repeat

C   Am   Dm7   G7

I._____ I'm___

ending

C   F   C

I._____

COME AWAY WITH ME

Words and Music by Norah Jones

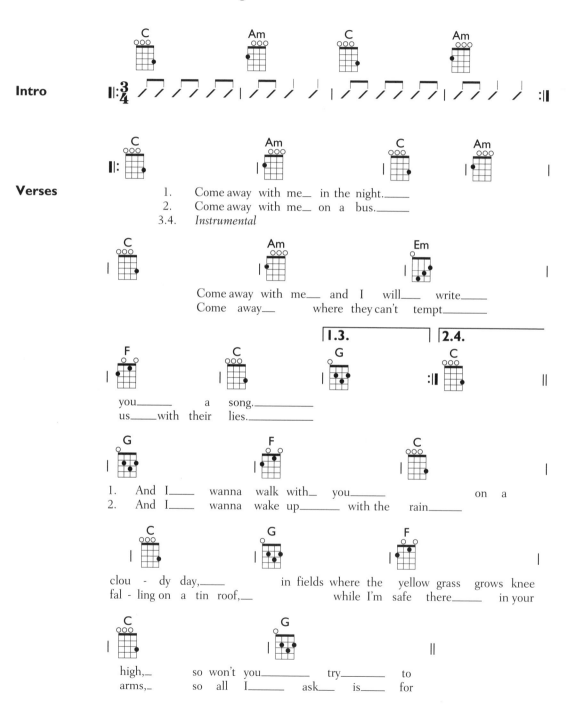

♩ = 80 **Gentle swung waltz**

Intro

Verses

1. Come away with me— in the night.____
2. Come away with me— on a bus.____
3.4. *Instrumental*

Come away with me— and I will___ write____
Come away___ where they can't tempt_____

1.3. | **2.4.**

you_____ a song.____
us____with their lies.____

1. And I____ wanna walk with— you_____ on a
2. And I____ wanna wake up_____ with the rain____

clou - dy day,____ in fields where the yellow grass grows knee
fal - ling on a tin roof,— while I'm safe there____ in your

high,— so won't you_____ try_____ to
arms,— so all I____ ask— is____ for

cont.

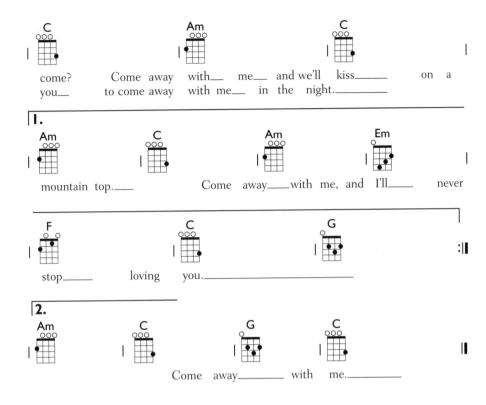

C   Am   C

come?   Come away   with__   me__   and we'll   kiss_____   on   a
you__   to come away   with me__   in   the   night._____

1.

Am   C   Am   Em

mountain top.__   Come   away__with   me,   and   I'll__   never

F   C   G

stop_____   loving   you._____

2.

Am   C   G   C

Come   away_____   with   me._____

CRY ME A RIVER

Words and Music by Arthur Hamilton

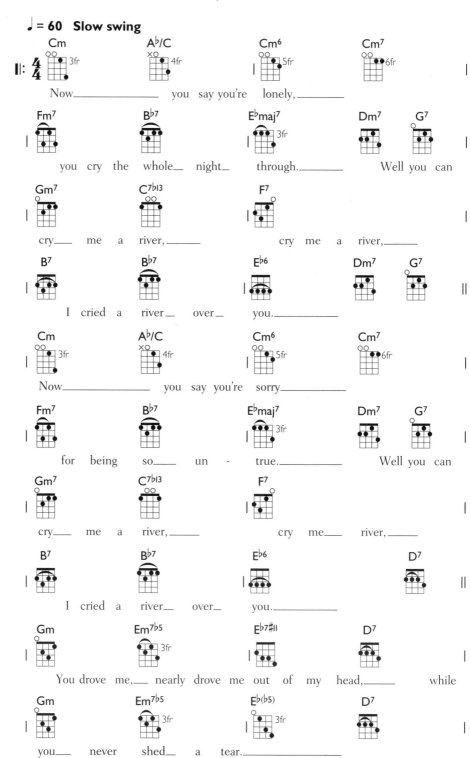

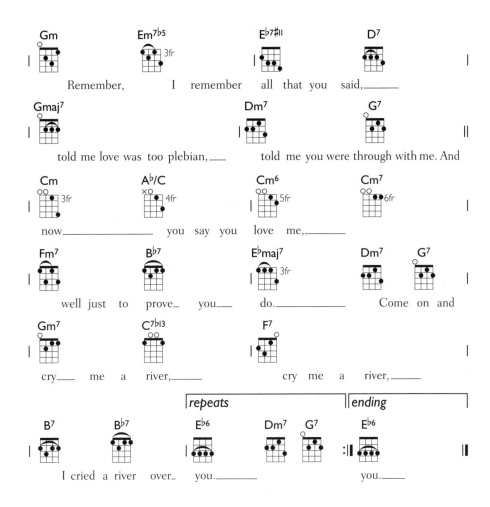

cont.

| Gm | Em⁷♭5 | E♭7♯11 | D⁷ |

Remember,   I   remember   all   that   you   said,_____

Gmaj⁷   Dm⁷   G⁷

told   me   love   was   too   plebian, ___   told   me   you   were   through   with   me. And

Cm   A♭/C   Cm⁶   Cm⁷

now_____   you   say   you   love   me,_____

Fm⁷   B♭⁷   E♭maj⁷   Dm⁷   G⁷

well   just   to   prove_   you__   do._____   Come   on   and

Gm⁷   C⁷♭13   F⁷

cry__   me   a   river,_____   cry   me   a   river,_____

repeats   *ending*

B⁷   B♭⁷   E♭⁶   Dm⁷   G⁷   E♭⁶

I   cried   a   river   over_   you._____   you.____

EMBRACEABLE YOU

Music and Lyrics by George Gershwin and Ira Gershwin

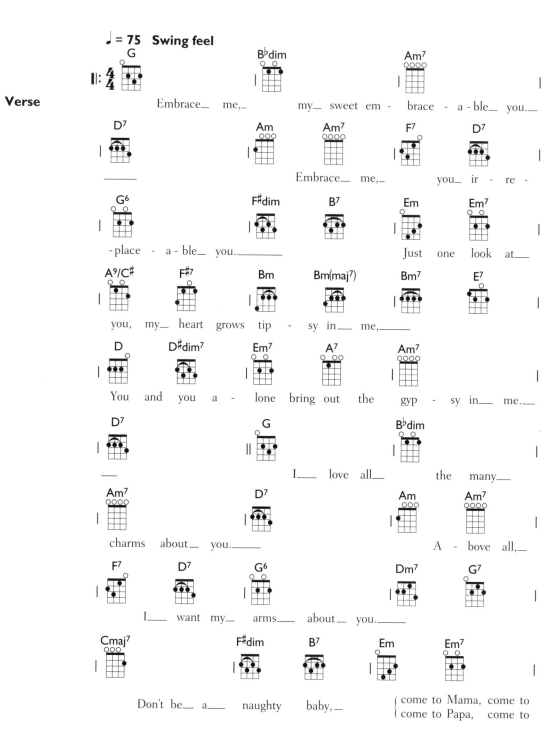

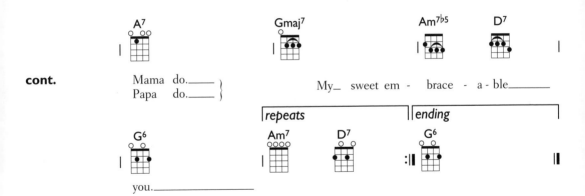

cont.

Mama do.——
Papa do.—— }

My— sweet em - brace - a - ble————

repeats *ending*

you.————————

AUTUMN LEAVES

Words by Jacques Prevert
Music by Joseph Kosma
Translated by Johnny Mercer

♩ = 120 **Swing feel**

Verse

| Am⁷ | D⁷ | Gmaj⁷ | Cmaj⁷ |

The falling leaves_____ drift by the window,_____ the Autumn

| F#m⁷♭5 | B⁷ | Em | Em |

leaves_____ of red and gold._____ I see your

| Am⁷ | D⁷ | Gmaj⁷ | Cmaj⁷ |

lips,_____ the Summer kisses,_____ the sunburned

| F#m⁷♭5 | B⁷ | Em | Em |

hands_____ I used to hold._____ Since you

| F#m⁷♭5 | B⁷ | Em | Em |

went away_____ the days grow long,_____ and soon I'll

| Am⁷ | D⁷ | Gmaj⁷ | Gmaj⁷ |

hear_____ old Winter's song._____ But I

| F#m⁷♭5 | B⁷ | Em⁷ | E♭⁷ | Dm⁷ | D♭⁷ |

miss you most of all_____ my dar - ling,_____ when_

| Cmaj⁷ | B⁷ | Em | Em |

Autumn_____ leaves start to fall._____

A FOGGY DAY

Music and Lyrics by George Gershwin and Ira Gershwin

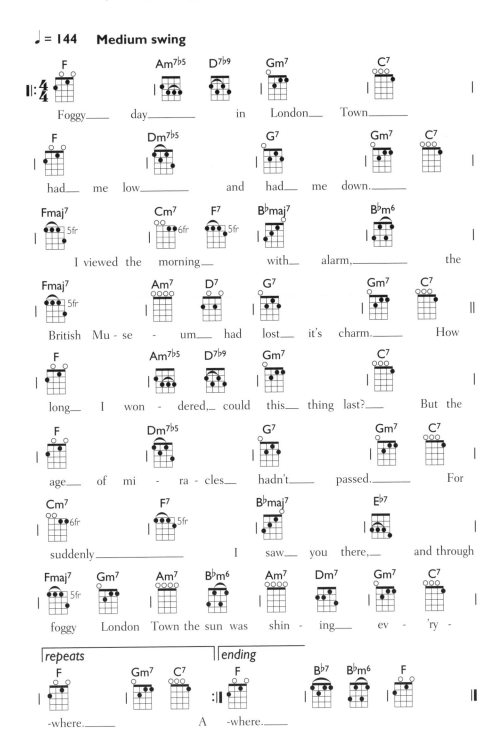

FASCINATING RHYTHM

Music and Lyrics by George Gershwin and Ira Gershwin

♩ = 165 **Swing feel**

Verse

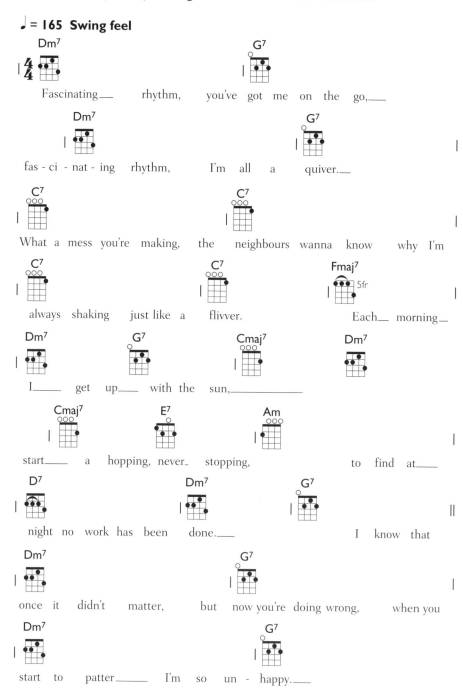

Dm⁷   G⁷

| Fascinating___ rhythm, you've got me on the go,___

Dm⁷   G⁷

fas - ci - nat - ing rhythm, I'm all a quiver.___

C⁷   C⁷

What a mess you're making, the neighbours wanna know why I'm

C⁷   C⁷   Fmaj⁷

always shaking just like a flivver.   Each__ morning__

Dm⁷   G⁷   Cmaj⁷   Dm⁷

I___ get up__ with the sun,_____

Cmaj⁷   E⁷   Am

start___ a hopping, never_ stopping,   to find at___

D⁷   Dm⁷   G⁷

night no work has been done.___   I know that

Dm⁷   G⁷

once it didn't matter, but now you're doing wrong, when you

Dm⁷   G⁷

start to patter_____ I'm so un - happy.___

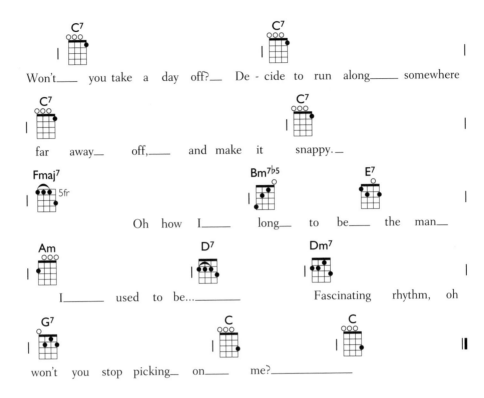

cont.

C⁷ · · · · · · · · C⁷
Won't__ you take a day off?__ De - cide to run along__ somewhere

C⁷ · · · · · · · · C⁷
far away__ off,__ and make it snappy. __

Fmaj⁷ · · · · · · · · Bm⁷♭⁵ · · · E⁷
Oh how I__ long__ to be__ the man__

Am · · · · · · · · D⁷ · · · Dm⁷
I__ used to be...__ Fascinating rhythm, oh

G⁷ · · · · · · · · C · · · C
won't you stop picking__ on__ me?__

HIT THE ROAD JACK

Words and Music by Percy Mayfield

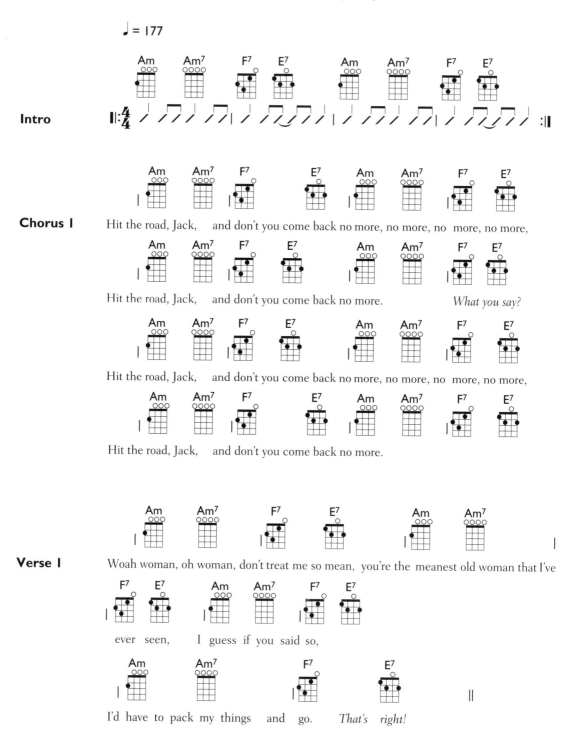

Intro

Chorus I

Hit the road, Jack,   and don't you come back no more, no more, no more, no more,

Hit the road, Jack,   and don't you come back no more.   *What you say?*

Hit the road, Jack,   and don't you come back no more, no more, no more, no more,

Hit the road, Jack,   and don't you come back no more.

Verse I

Woah woman, oh woman, don't treat me so mean, you're the meanest old woman that I've

ever seen,   I guess if you said so,

I'd have to pack my things   and   go.   *That's   right!*

Chorus 2   *As Chorus 1*

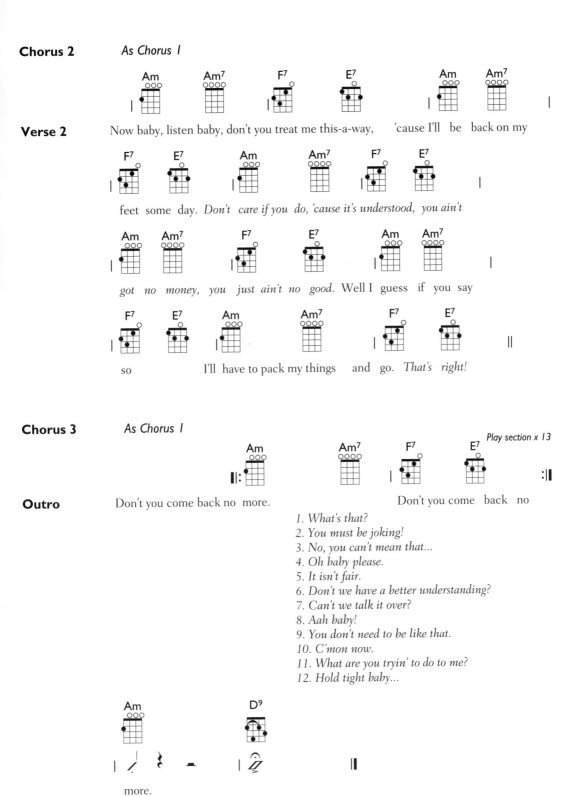

Verse 2   Now baby, listen baby, don't you treat me this-a-way,   'cause I'll be   back on my

feet some day. *Don't care if you do, 'cause it's understood, you ain't*

got   no   money,   you   just ain't no   good. Well I guess if you say

so   I'll have to pack my things   and go. *That's right!*

Chorus 3   *As Chorus 1*

Play section x 13

Outro   Don't you come back no more.   Don't you come   back no

1. *What's that?*
2. *You must be joking!*
3. *No, you can't mean that...*
4. *Oh baby please.*
5. *It isn't fair.*
6. *Don't we have a better understanding?*
7. *Can't we talk it over?*
8. *Aah baby!*
9. *You don't need to be like that.*
10. *C'mon now.*
11. *What are you tryin' to do to me?*
12. *Hold tight baby...*

more.

IS YOU IS, OR IS YOU AIN'T MY BABY?

Words by Billy Austin
Music by Louis Jordan

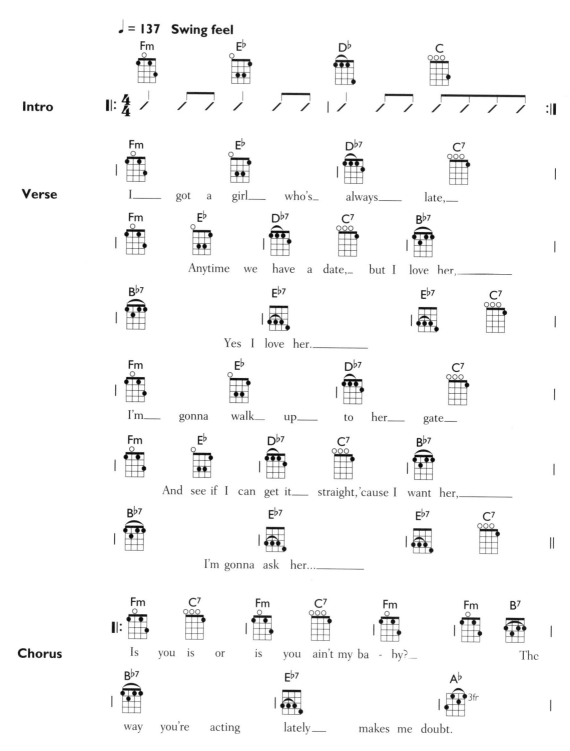

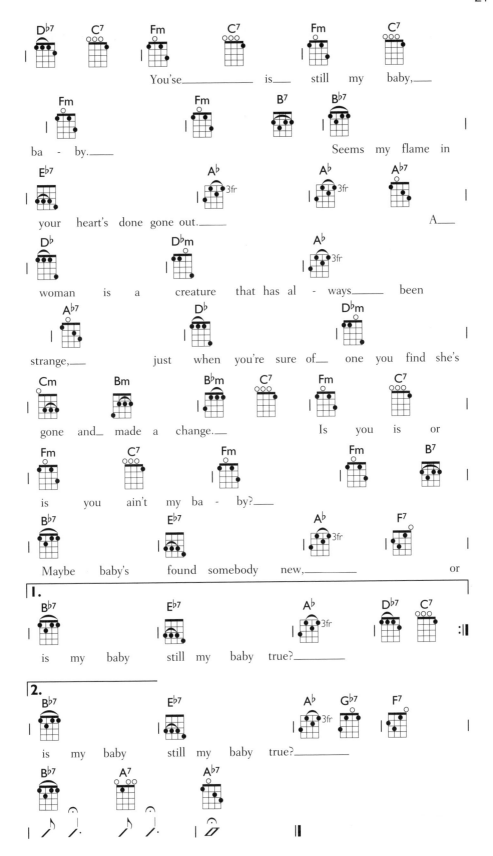

IT HAD TO BE YOU

Words by Gus Kahn
Music by Isham Jones

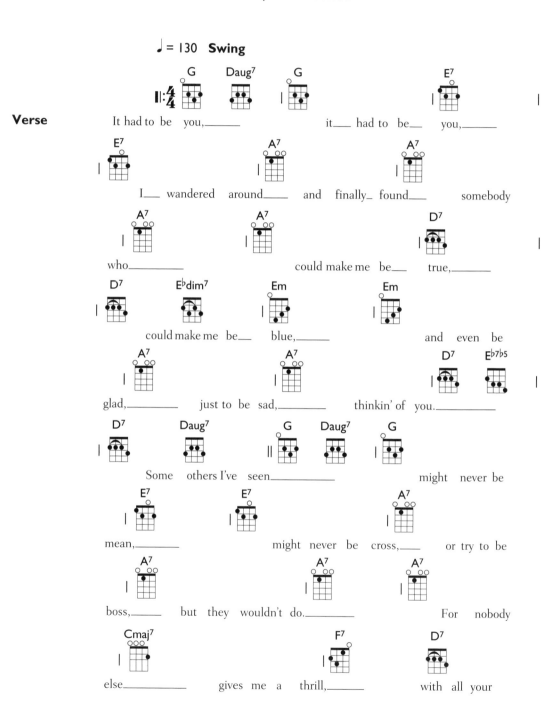

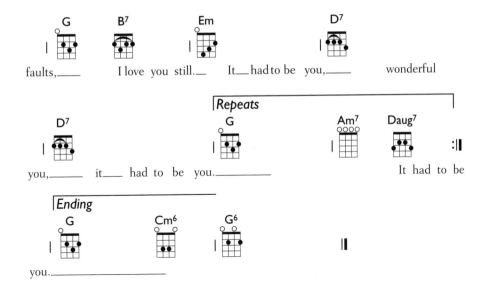

cont.

G	B⁷	Em	D⁷

faults,____   I love you still.__   It__had to be you,____   wonderful

Repeats

D⁷	G	Am⁷	Daug⁷

you,_____   it__ had to be you._____   It had to be

Ending

G	Cm⁶	G⁶

you._____

LET THERE BE LOVE

Words and Music by Ian Grant and Lionel Rand

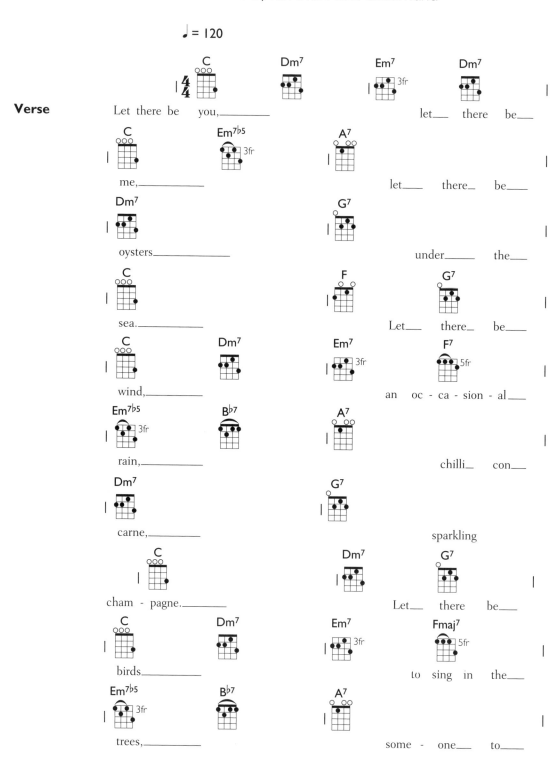

cont.

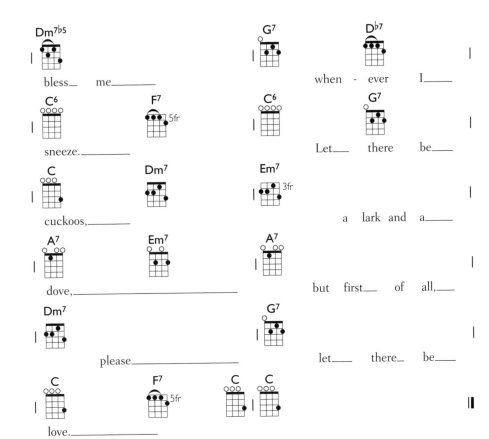

Dm⁷♭⁵   G⁷   D♭⁷

bless_   me_____   when - ever   I____

C⁶   F⁷   C⁶   G⁷

sneeze._____   Let___   there   be____

C   Dm⁷   Em⁷

cuckoos,_____   a   lark   and   a____

A⁷   Em⁷   A⁷

dove,_____   but   first___   of   all,___

Dm⁷   G⁷

please_____   let___   there_   be____

C   F⁷   C   C

love._____

LET'S CALL THE WHOLE THING OFF

Music and Lyrics by George Gershwin and Ira Gershwin

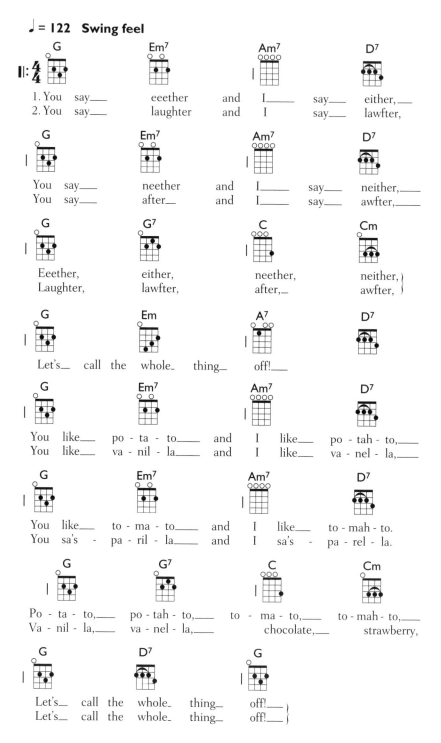

cont.

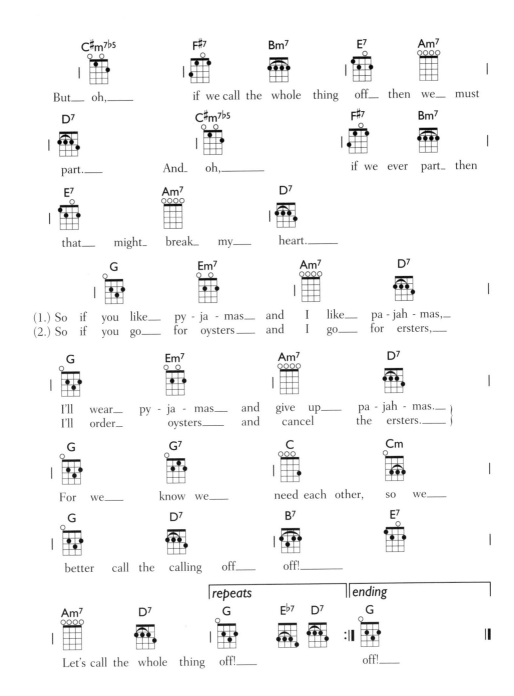

C#m7b5	F#7	Bm7	E7	Am7

But__ oh,_____ if we call the whole thing off__ then we__ must

D7	C#m7b5	F#7	Bm7

part.___ And_ oh,_____ if we ever part_ then

E7	Am7	D7

that__ might_ break_ my__ heart._____

G	Em7	Am7	D7

(1.) So if you like__ py - ja - mas__ and I like__ pa - jah - mas,_
(2.) So if you go__ for oysters____ and I go__ for ersters,__

G	Em7	Am7	D7

I'll wear__ py - ja - mas__ and give up__ pa - jah - mas._ }
I'll order_ oysters____ and cancel the ersters.____ }

G	G7	C	Cm

For we__ know we__ need each other, so we__

G	D7	B7	E7

better call the calling off___ off!_____

repeats			*ending*

Am7	D7	G	Eb7 D7	G

Let's call the whole thing off!__ off!__

LET'S FACE THE MUSIC AND DANCE

Words and Music by Irving Berlin

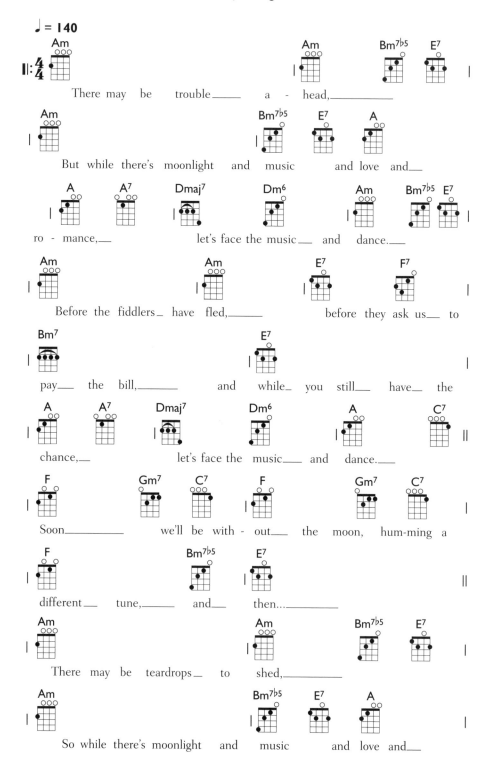

♩ = 140

Verse

There may be trouble____ a - head,____

But while there's moonlight and music and love and__

ro - mance,__ let's face the music__ and dance.__

Before the fiddlers_ have fled,____ before they ask us__ to

pay__ the bill,____ and while_ you still__ have_ the

chance,__ let's face the music__ and dance.__

Soon____ we'll be with - out__ the moon, hum-ming a

different__ tune,____ and__ then...____

There may be teardrops_ to shed,____

So while there's moonlight and music and love and__

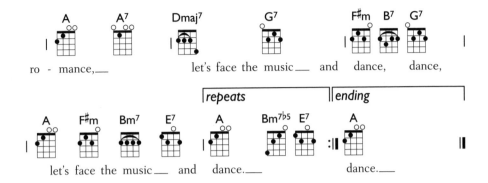

cont.

| A | A⁷ | Dmaj⁷ | G⁷ | F#m | B⁷ | G⁷ |

ro - mance,___   let's face the music ___ and   dance,   dance,

⌐repeats   ‖ending

| A | F#m | Bm⁷ | E⁷ | A | Bm⁷♭5 | E⁷ | A |

let's face the music ___ and   dance.___   dance.___

THE LOOK OF LOVE

Words by Hal David
Music by Burt Bacharach

♩ = 98

Verses

| Gm | Gm7 | Dm |

1. The look___ of love___ is in___ your
2. You've got the look_ of love,___ it's on___ your
3. *Instrumental*

| Dm7 | Ebmaj7 (3fr) | Eb6 |

eyes,___ a look___ your smile___ can't
face,___ a look___ that time___ can't

| D7sus4 | D7 | Gm | G7sus4 G7 |

dis - guise.___ The look___ of love,___
e - rase.___ Be mine___ to - night,___

| Ebmaj7 (3fr) | Ebm6 |

it's saying___ so___ much_ more_ than_ just
let this be___ just___ the___ start_ of___ so

| Ebm6 | Bb Bb7 | Ebmaj7 (3fr) |

words could ever___ say.___ And what my
ma - ny nights like_ this.___ Let's take a

| Eb6 | D7sus4 D7 | Gm7 C7 |

heart_ has_ heard, well it takes my breath away.___
lo - vers_ vow_ and then seal_ it with a kiss.___

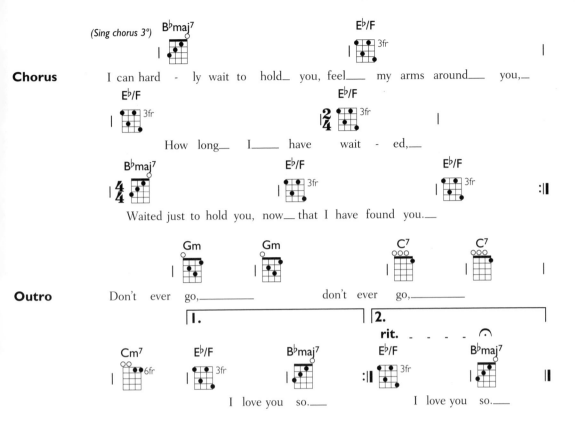

Chorus

(Sing chorus 3°) B♭maj⁷   E♭/F

I can hard - ly wait to hold__ you, feel__ my arms around__ you,__

E♭/F   **2/4** E♭/F

How long__ I__ have wait - ed,__

4/4 B♭maj⁷   E♭/F   E♭/F

Waited just to hold you, now__ that I have found you.__

Outro

Gm   Gm   C⁷   C⁷

Don't ever go,_____ don't ever go,_____

1.   **2.**

      rit. - - - -

Cm⁷   E♭/F   B♭maj⁷   E♭/F   B♭maj⁷

    I love you so.__   I love you so.__

LULLABY OF BIRDLAND

Words by George David Weiss
Music by George Shearing

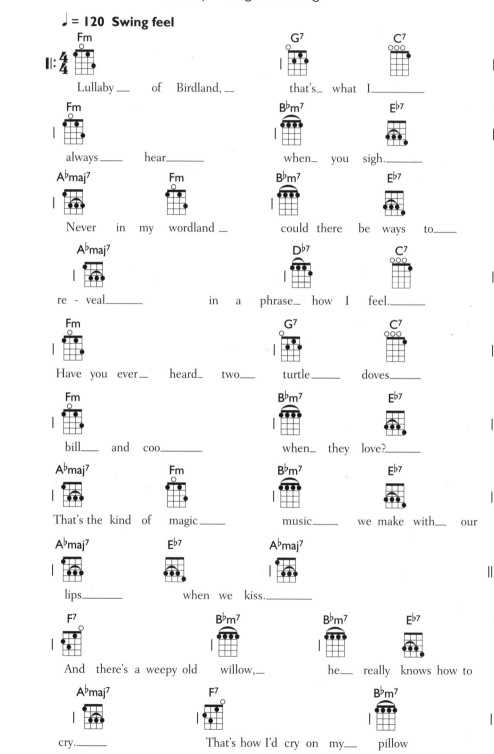

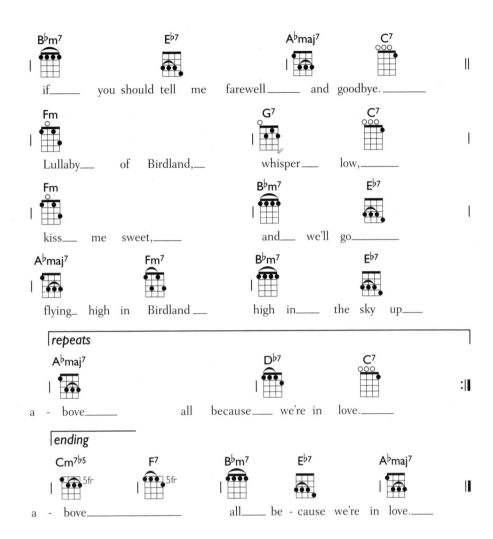

cont.

| B♭m7 | E♭7 | A♭maj7 | C7 |

if___ you should tell me farewell___ and goodbye._____

| Fm | G7 | C7 |

Lullaby__ of Birdland,__ whisper__ low,_____

| Fm | B♭m7 | E♭7 |

kiss__ me sweet,_____ and__ we'll go_____

| A♭maj7 | Fm7 | B♭m7 | E♭7 |

flying_ high in Birdland __ high in___ the sky up__

repeats

| A♭maj7 | D♭7 | C7 |

a - bove_____ all because___ we're in love.____

ending

| Cm7♭5 | F7 | B♭m7 | E♭7 | A♭maj7 |

a - bove_____ all___ be - cause we're in love.___

MAD ABOUT THE BOY

Words and Music by Noel Coward

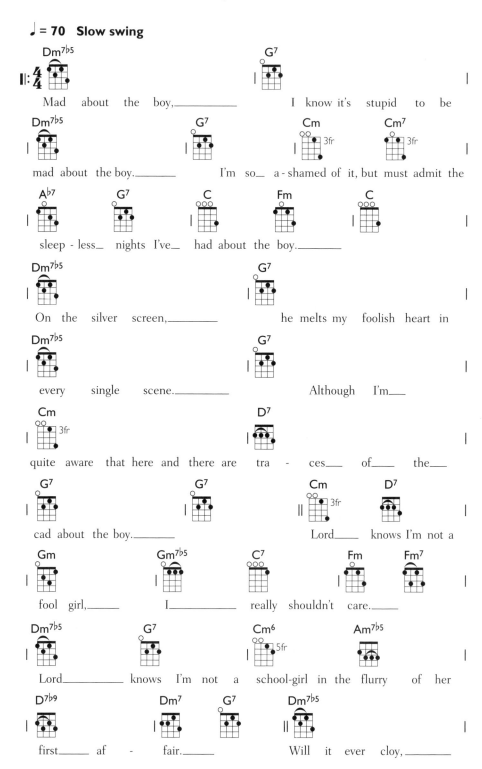

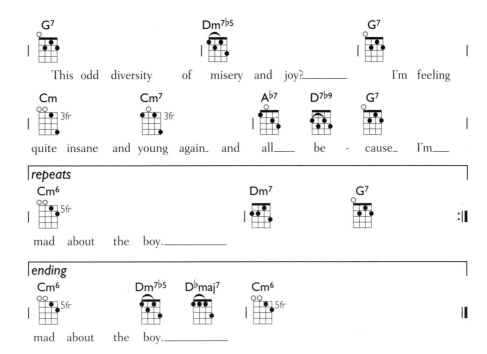

cont. | G⁷ | | Dm⁷♭⁵ | | | G⁷ |

This odd diversity   of   misery and joy?_____   I'm feeling

Cm   Cm⁷   A♭⁷   D⁷♭⁹   G⁷

quite insane and young again_ and   all___   be   -   cause_   I'm___

repeats

Cm⁶   Dm⁷   G⁷

mad   about   the   boy._____

ending

Cm⁶   Dm⁷♭⁵   D♭maj⁷   Cm⁶

mad   about   the   boy._____

MOONDANCE

Words and Music by Van Morrison

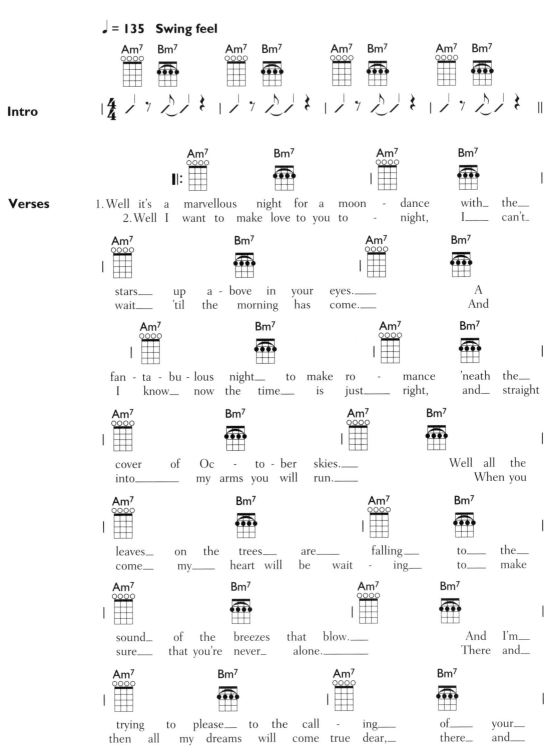

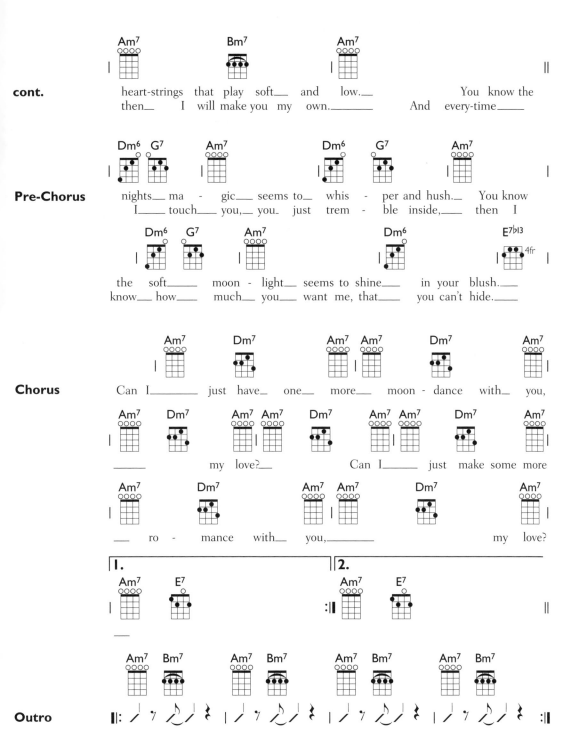

MY BABY JUST CARES FOR ME

Words by Gus Kahn
Music by Walter Donaldson

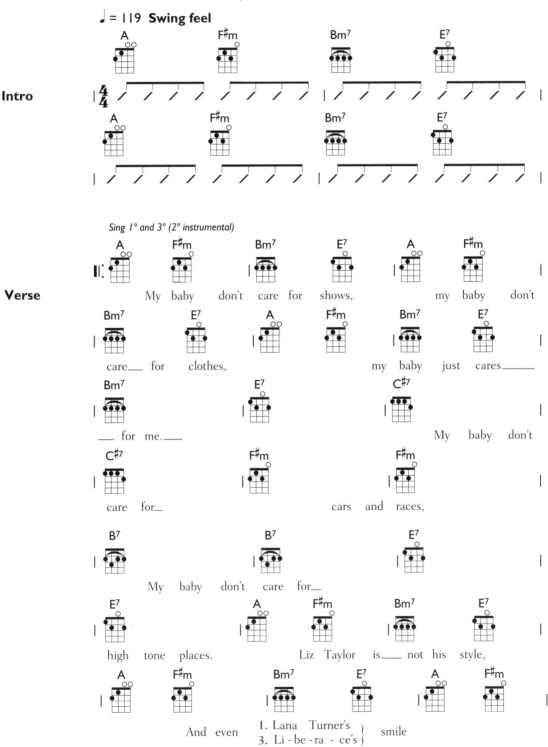

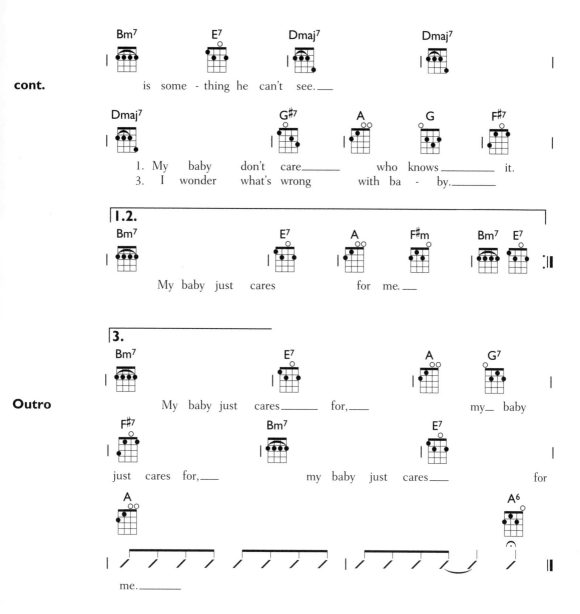

cont.

Bm7   E7   Dmaj7   Dmaj7

is some - thing he can't see.

Dmaj7   G#7   A   G   F#7

1. My baby don't care_____ who knows _____ it.
3. I wonder what's wrong with ba - by._____

1.2.

Bm7   E7   A   F#m   Bm7   E7

My baby just cares for me. __

3.

Bm7   E7   A   G7

Outro   My baby just cares_____ for,___ my_ baby

F#7   Bm7   E7

just cares for,___ my baby just cares___ for

A   A6

me._____

MY FUNNY VALENTINE

Words by Lorenz Hart
Music by Richard Rodgers

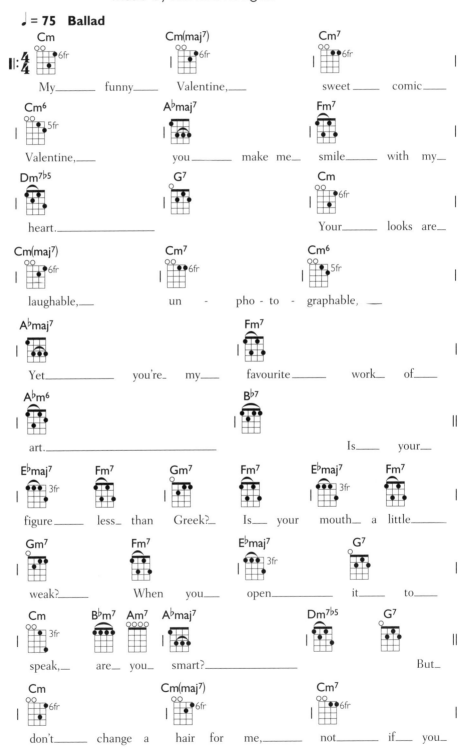

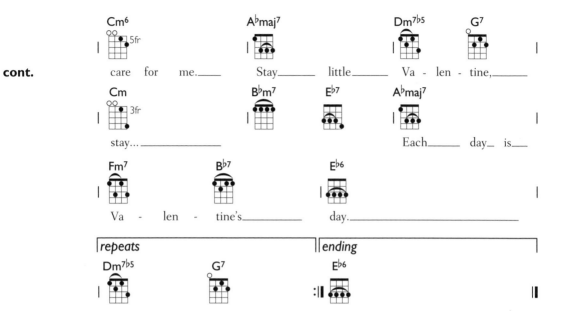

cont.

Cm⁶ 5fr	A♭maj⁷	Dm⁷♭⁵	G⁷

care   for   me.____   Stay_____   little_____   Va - len - tine,_____

Cm 3fr	B♭m⁷	E♭⁷	A♭maj⁷

stay..._____   Each_____ day_ is___

Fm⁷	B♭⁷	E♭⁶

Va - len - tine's_____   day._____

repeats   *ending*

Dm⁷♭⁵	G⁷	E♭⁶

SOMEONE TO WATCH OVER ME

Music & Lyrics by George Gershwin and Ira Gershwin

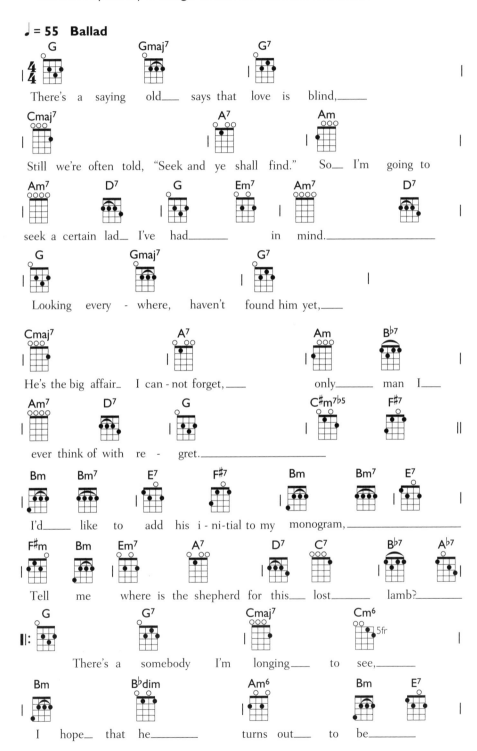

♩ = 55 **Ballad**

Verse

G   Gmaj7   G7

There's a saying old___ says that love is blind,____

Cmaj7   A7   Am

Still we're often told, "Seek and ye shall find." So___ I'm going to

Am7   D7   G   Em7   Am7   D7

seek a certain lad___ I've had_____ in mind._____

G   Gmaj7   G7

Looking every - where, haven't found him yet,____

Cmaj7   A7   Am   Bb7

He's the big affair___ I can - not forget, ___ only_____ man I___

Am7   D7   G   C#m7b5   F#7

ever think of with re - gret._____

Bm   Bm7   E7   F#7   Bm   Bm7   E7

I'd___ like to add his i - ni - tial to my monogram,_____

F#m   Bm   Em7   A7   D7   C7   Bb7   Ab7

Tell me where is the shepherd for this___ lost_____ lamb?_____

G   G7   Cmaj7   Cm6 (5fr)

There's a somebody I'm longing___ to see,_____

Bm   Bbdim   Am6   Bm   E7

I hope___ that he_____ turns out___ to be

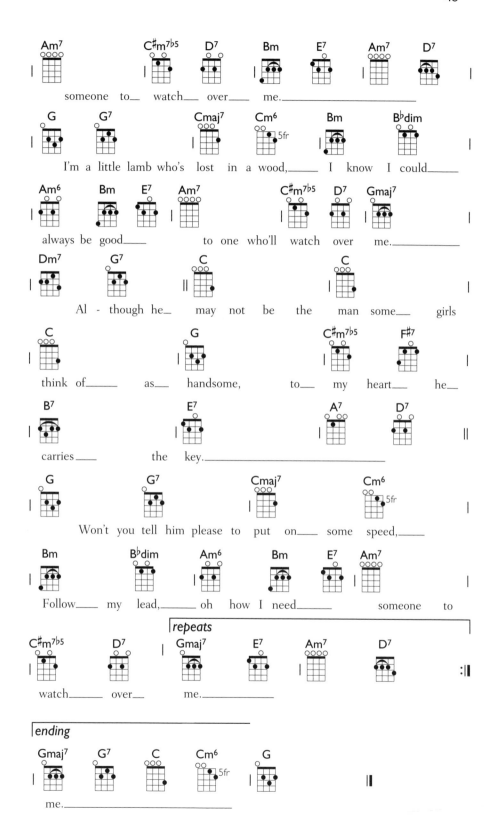

cont. someone to— watch— over— me._____

I'm a little lamb who's lost in a wood,____ I know I could____

always be good____ to one who'll watch over me._____

Al - though he_ may not be the man some__ girls

think of_____ as_ handsome, to__ my heart__ he_

carries ____ the key._____

Won't you tell him please to put on__ some speed,____

Follow____ my lead,_____ oh how I need_____ someone to

repeats

watch_____ over__ me._____

ending

me._____

STORMY WEATHER

Words by Ted Koehler
Music by Harold Arlen

♩ = 80 **Slow Swing**

Verse

G   G♯dim   Am⁷   D⁷

Don't know why_____ there's no sun up in the sky,__ stormy

G   E⁷   Am⁷   D⁷   G   E⁷

weather,_____ since my man and I____ ain't to - gether,_____

Am⁷   Daug⁷♭⁹   G   Am⁷   D⁷

keeps raining all_____ the time._____ Life is

G   G♯dim   Am⁷   D⁷   G   E⁷

bare,_____ gloom and misery ev'ry where. Stormy weather,_____

Am⁷   D⁷   G   E⁷   Am⁷   Daug⁷♭⁹

just can't get my poor self to - ge - ther,_____ I'm weary all_____ the

G   C   G   Bm⁷ E⁷   Am⁷   D⁷♭⁹

time,_____ the time._____ So weary all_____ the

G   Dm⁷   G⁷   Cmaj⁷

time._____ When he went away__ the blues walked

G   Cmaj⁷

in_____ and met me.__ If he stays away__ old rocking

G   C   C♯dim   G   E⁷

chair__ will get me.__ All I do is pray the Lord a - bove___ will let me__

Am⁷ B⁷ Em⁷   A⁷   Am⁷   D⁷

walk__ in the sun__ once__ more._____ Can't__ go____

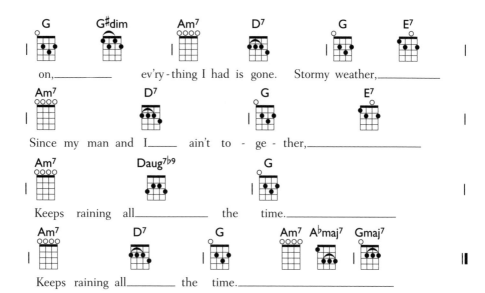

cont.

| G | G#dim | | Am7 | | D7 | | G | E7 | |

on,_____ ev'ry-thing I had is gone. Stormy weather,_____

| Am7 | | D7 | | G | | E7 | |

Since my man and I_____ ain't to - ge - ther,_____

| Am7 | | Daug7♭9 | | G | |

Keeps raining all_____ the time._____

| Am7 | | D7 | | G | | Am7 A♭maj7 | Gmaj7 | ‖

Keeps raining all_____ the time._____

SUMMERTIME (from PORGY AND BESS®)

Music and Lyrics by George Gershwin,
Du Bose Heyward and Dorothy Heyward and Ira Gershwin

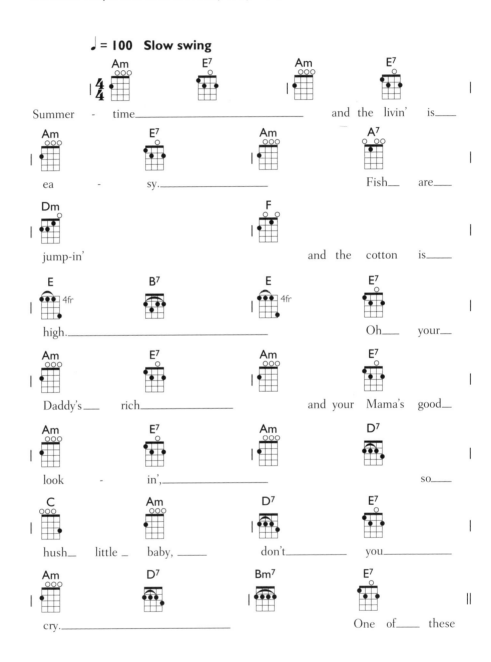

cont.

Am	E7	Am	E7
mornin's _____		you gonna rise___ up___	

Am	E7	Am	A7
sing - in',_____		then___ you'll___	

Dm		F	
spread your___ wings_____		and you'll take to the___	

E (4fr)	B7	E (4fr)	E7
sky._____		But 'til that	

Am	E7	Am	E7
mornin'_____		there's-a-nothin' can___	

Am	E7	Am	D7
harm_____ you,_____		with___	

C	Am	D7	E7
Daddy____ and Mummy_____	stand - in'_____		

Am	E7	Am	
by._____			

THEY CAN'T TAKE THAT AWAY FROM ME

Music and Lyrics by George Gershwin and Ira Gershwin

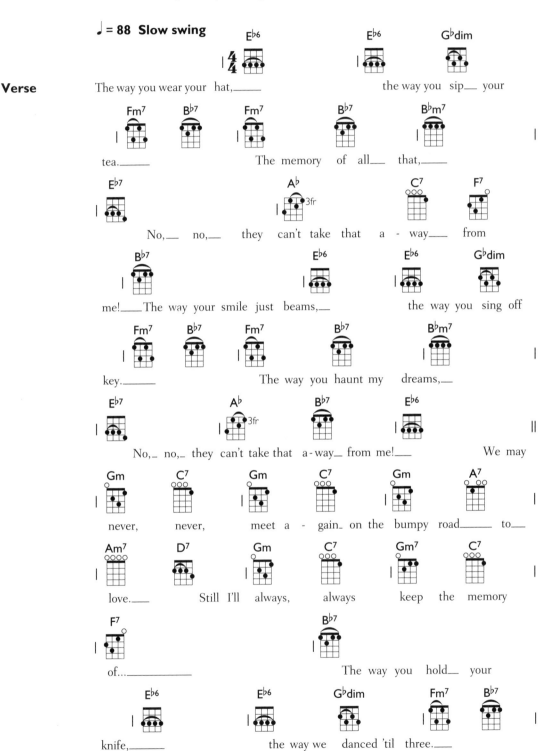

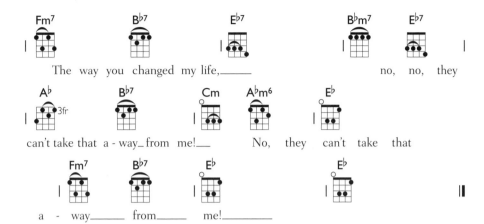

cont.   The way you changed my life,_____   no, no, they

can't take that a - way_from me!__   No, they can't take that

a - way_____ from_____ me!_____

TOO DARN HOT

Words and Music by Cole Porter

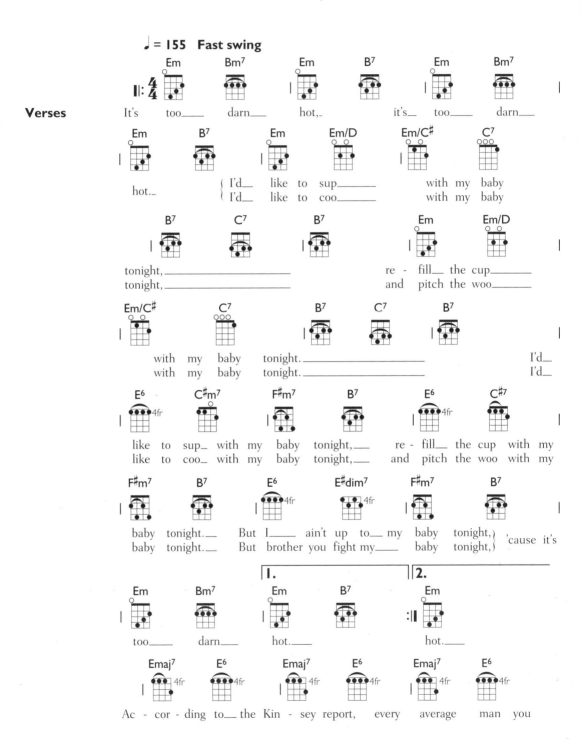

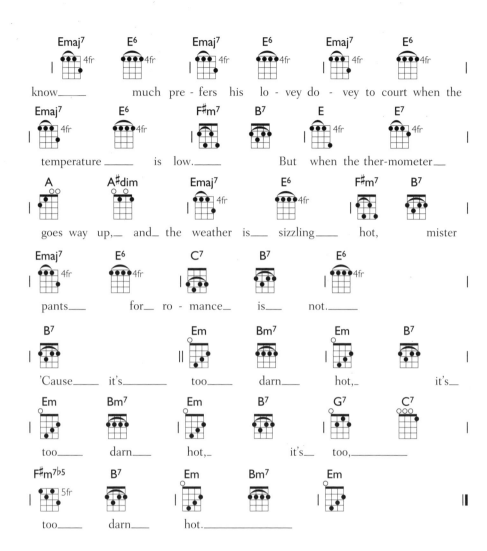

cont.

| Emaj⁷ | E⁶ | Emaj⁷ | E⁶ | Emaj⁷ | E⁶ |

know____ much pre - fers his lo - vey do - vey to court when the

| Emaj⁷ | E⁶ | F#m⁷ | B⁷ | E | E⁷ |

temperature ____ is low.____ But when the ther-mometer__

| A | A#dim | Emaj⁷ | E⁶ | F#m⁷ | B⁷ |

goes way up,__ and__ the weather is__ sizzling____ hot, mister

| Emaj⁷ | E⁶ | C⁷ | B⁷ | E⁶ |

pants____ for__ ro - mance__ is__ not.____

| B⁷ | Em | Bm⁷ | Em | B⁷ |

'Cause____ it's_____ too____ darn____ hot,_ it's__

| Em | Bm⁷ | Em | B⁷ | G⁷ | C⁷ |

too____ darn____ hot,_ it's__ too,_____

| F#m⁷♭5 | B⁷ | Em | Bm⁷ | Em |

too____ darn____ hot._____

STRAIGHTEN UP AND FLY RIGHT

Words and Music by Nat King Cole and Irving Mills

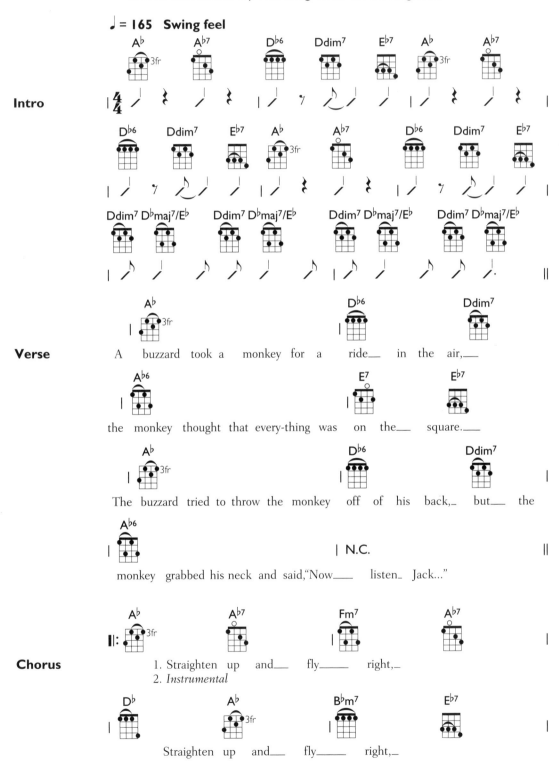

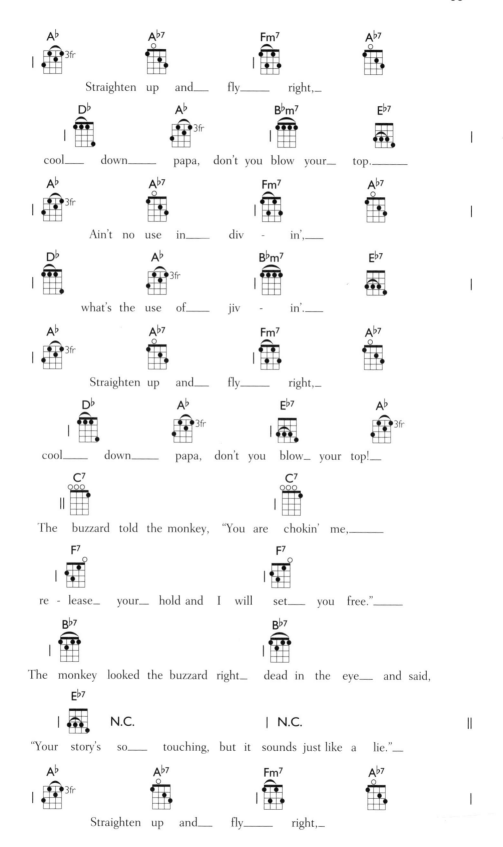

cont.

| A♭ | A♭7 | Fm7 | A♭7 |

Straighten up and__ fly____ right,__

| D♭ | A♭ | B♭m7 | E♭7 |

cool__ down____ papa, don't you blow your__ top.____

| A♭ | A♭7 | Fm7 | A♭7 |

Ain't no use in____ div - in',__

| D♭ | A♭ | B♭m7 | E♭7 |

what's the use of____ jiv - in'.__

| A♭ | A♭7 | Fm7 | A♭7 |

Straighten up and__ fly____ right,__

| D♭ | A♭ | E♭7 | A♭ |

cool__ down____ papa, don't you blow_ your top!__

| C7 | C7 |

The buzzard told the monkey, "You are chokin' me,____

| F7 | F7 |

re - lease_ your_ hold and I will set__ you free."____

| B♭7 | B♭7 |

The monkey looked the buzzard right_ dead in the eye__ and said,

| E♭7 | N.C. | N.C. |

"Your story's so__ touching, but it sounds just like a lie."__

| A♭ | A♭7 | Fm7 | A♭7 |

Straighten up and__ fly____ right,__

cont.

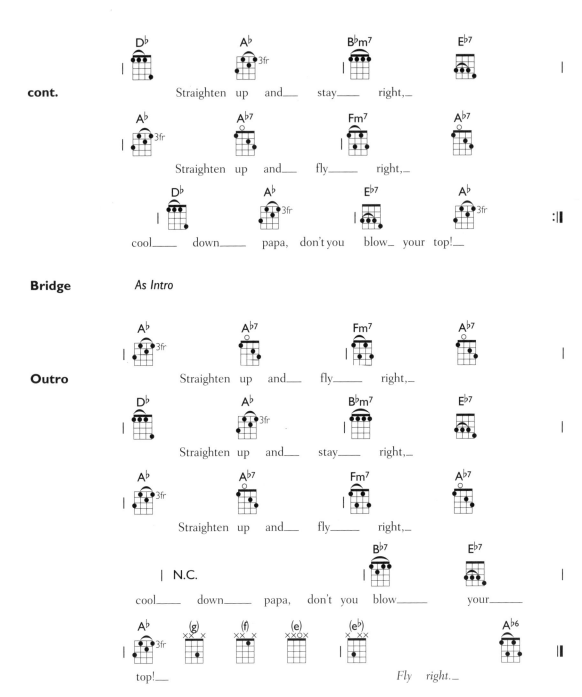

D♭   A♭   B♭m7   E♭7

Straighten up and___ stay___ right,___

A♭   A♭7   Fm7   A♭7

Straighten up and___ fly_____ right,___

D♭   A♭   E♭7   A♭

cool___ down___ papa, don't you blow_ your top!___

Bridge   *As Intro*

A♭   A♭7   Fm7   A♭7

Outro   Straighten up and___ fly_____ right,___

D♭   A♭   B♭m7   E♭7

Straighten up and___ stay___ right,___

A♭   A♭7   Fm7   A♭7

Straighten up and___ fly_____ right,___

B♭7   E♭7

| N.C.

cool___ down___ papa, don't you blow_____ your_____

A♭   (g)   (f)   (e)   (e♭)   A♭6

top!___   *Fly   right._*

WHAT A DIFFERENCE A DAY MADE

Words by Stanley Adams
Music by Maria Grever

♩ = 80 **Relaxed swing**

Dm **G7** **Cmaj7**

Verse What a difference a day_ makes,_____ twenty four_ little_ hours_____

Cmaj7 **E♭dim** **Dm** **G7**

brought the sun_ and the flowers_____ where there used to be

C **C** **Bm** **E7**

rain._____ My_ yesterday was blue dear, ___

Bm **E7** **Am** **Am**

Today I'm a part of you_ dear.___ My_ lonely nights are

Am7 **D7** **Am7** **D7** **G7** **Dm**

through dear,_ since you said you were mine._____

G7 **Dm** **G7**

What a difference a day_ makes,_ there's a rainbow be -

Cmaj7 **Cmaj7** **E♭dim** **Dm** **G7**

- fore me._____ Skies a - bove can't be stormy_____ since that moment of

C7 **C7** **F**

bliss,_____ that thrilling kiss.____ It's heaven when you_

B♭7 **C** **E♭dim**

find romance on your menu,_____ what a difference a

Dm **G7** **C** **C**

day_ makes,_____ and the difference is you._____

THE WAY YOU LOOK TONIGHT

Words by Dorothy Fields
Music by Jerome Kern

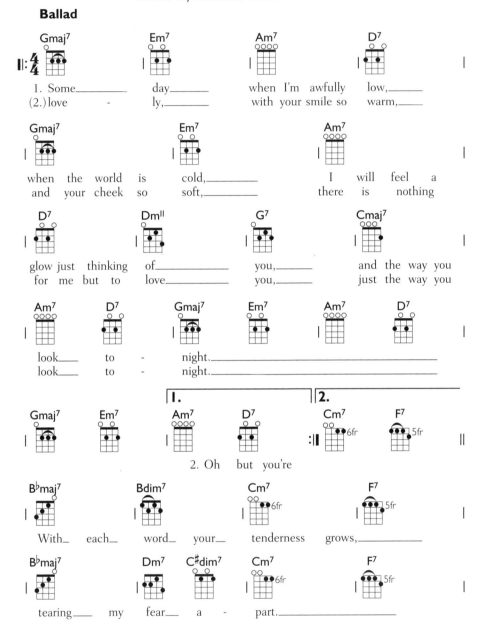

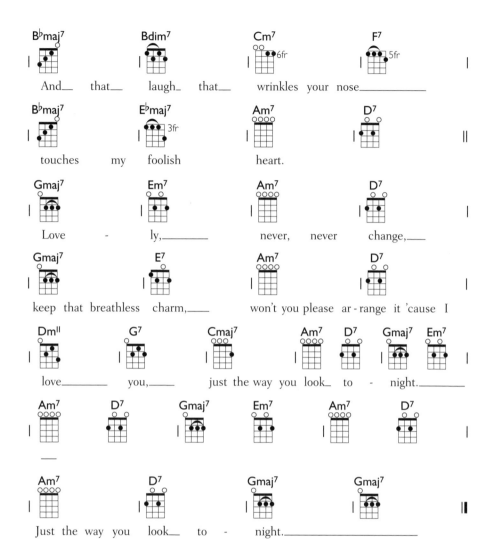

cont.

| B♭maj⁷ | Bdim⁷ | Cm⁷ | F⁷ |

And— that— laugh— that— wrinkles your nose————

| B♭maj⁷ | E♭maj⁷ | Am⁷ | D⁷ |

touches my foolish heart.

| Gmaj⁷ | Em⁷ | Am⁷ | D⁷ |

Love - ly,———— never, never change,——

| Gmaj⁷ | E⁷ | Am⁷ | D⁷ |

keep that breathless charm,—— won't you please ar-range it 'cause I

| Dm¹¹ | G⁷ | Cmaj⁷ | Am⁷ | D⁷ | Gmaj⁷ | Em⁷ |

love———— you,—— just the way you look— to - night.————

| Am⁷ | D⁷ | Gmaj⁷ | Em⁷ | Am⁷ | D⁷ |

——

| Am⁷ | D⁷ | Gmaj⁷ | Gmaj⁷ |

Just the way you look— to - night.————————

WHAT A WONDERFUL WORLD

Words and Music by George David Weiss and Bob Thiele

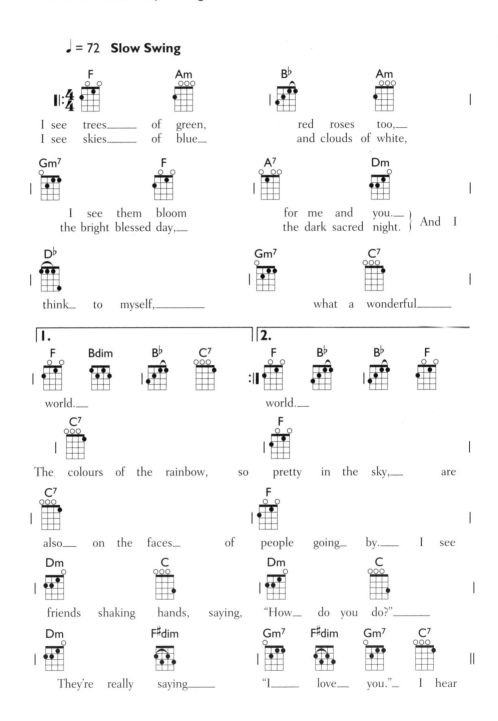

♩ = 72 **Slow Swing**

Verses

F / Am / Bb / Am

I see trees_____ of green, red roses too,___
I see skies_____ of blue___ and clouds of white,

Gm7 / F / A7 / Dm

I see them bloom for me and you.___ } And I
the bright blessed day,___ the dark sacred night. }

Db / Gm7 / C7

think___ to myself,_____ what a wonderful_____

1.
F Bdim / Bb C7

world.___

2.
F / Bb / Bb / F

world.___

C7

The colours of the rainbow, so pretty in the sky,___ are

F

C7

also___ on the faces___ of people going___ by.___ I see

F

Dm / C

friends shaking hands, saying, "How___ do you do?"_____

Dm / C

Dm / F#dim / Gm7 F#dim / Gm7 C7

They're really saying_____ "I_____ love___ you."___ I hear

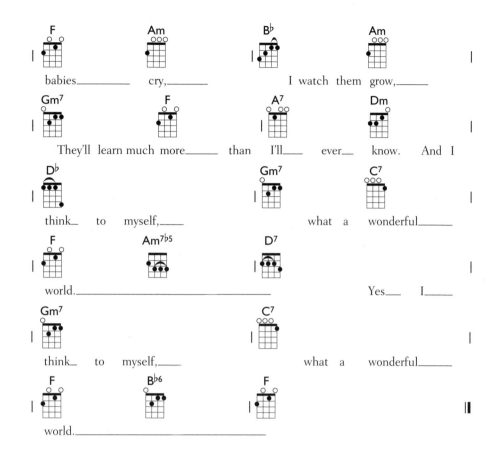

cont.

babies_____ cry,_____   I watch them grow,_____

(F)   (Am)   (B♭)   (Am)

They'll learn much more_____ than I'll___ ever___ know.   And I

(Gm⁷)   (F)   (A⁷)   (Dm)

think__ to myself,____   what a   wonderful_____

(D♭)   (Gm⁷)   (C⁷)

world._____   Yes___   I____

(F)   (Am⁷♭5)   (D⁷)

think__ to myself,____   what a   wonderful_____

(Gm⁷)   (C⁷)

world._____

(F)   (B♭6)   (F)

WHEN YOU'RE SMILING

Words and Music by Mark Fisher, Joe Goodwin and Larry Shay

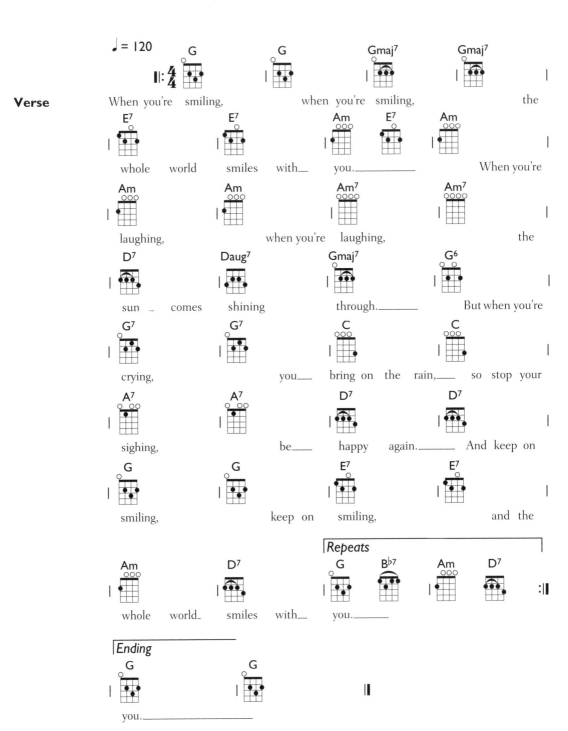

YEH YEH

Words by Jon Hendricks
Music by Rodgers Grant and Pat Patrick

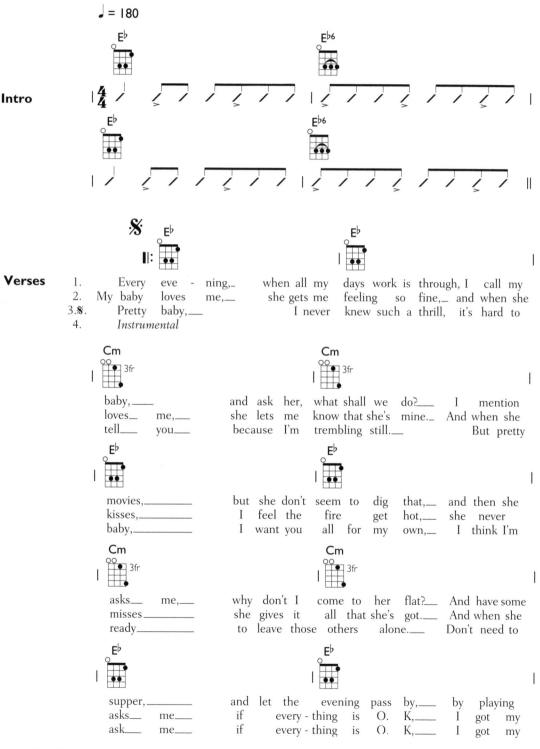

62

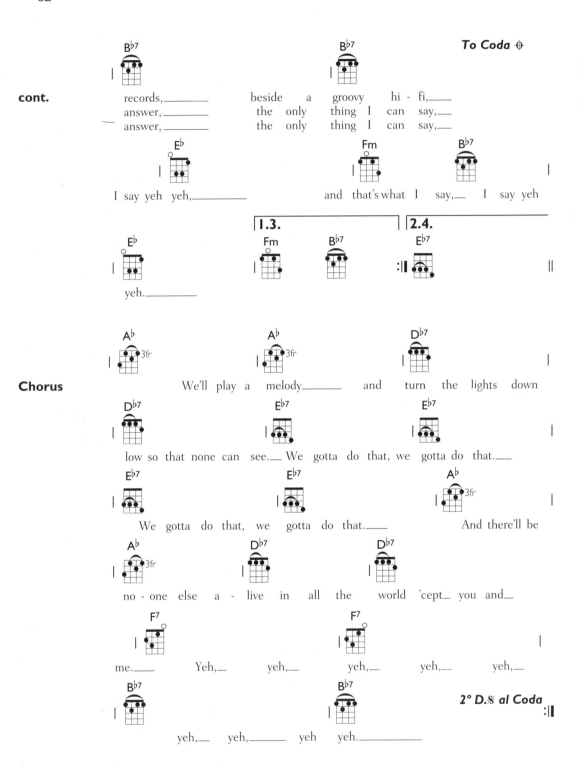

cont.

To Coda ⊕

Bb7 / Bb7

records,_____ beside a groovy hi - fi,____
answer,_____ the only thing I can say,____
_____ answer,____ the only thing I can say,____

Eb / Fm / Bb7

I say yeh yeh,_____ and that's what I say,___ I say yeh

1.3. Eb / Fm / Bb7   **2.4.** Eb7

yeh._____

Chorus

Ab / Ab / Db7

We'll play a melody_____ and turn the lights down

Db7 / Eb7 / Eb7

low so that none can see.___ We gotta do that, we gotta do that.___

Eb7 / Eb7 / Ab

We gotta do that, we gotta do that.____ And there'll be

Ab / Db7 / Db7

no - one else a - live in all the world 'cept_ you and___

F7 / F7

me.____ Yeh,___ yeh,___ yeh,___ yeh,___ yeh,___

Bb7 / Bb7

2° D.% al Coda

yeh,___ yeh,_____ yeh yeh._____

⊕ **Coda**

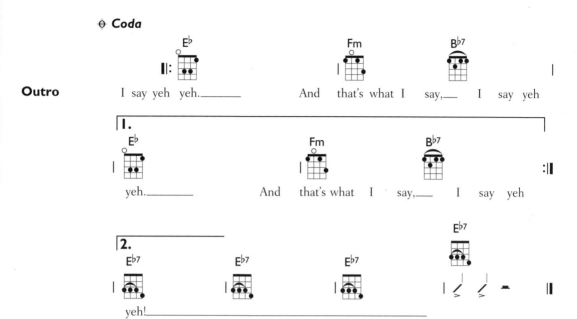

Outro

I say yeh yeh._____   And   that's what I   say,__   I   say yeh

1.

yeh._____   And   that's what   I   say,__   I   say   yeh

2.

yeh!_____

MORE UKULELE BOOKS
FROM FABER MUSIC

Ukulele Playlist: The Blue Book	0-571-53327-2
Ukulele Playlist: The Yellow Book	0-571-53328-0
Ukulele Playlist: The Red Book	0-571-53390-6
Ukulele Playlist: The White Book	0-571-53391-4
Ukulele Playlist: Christmas	0-571-53358-2
Ukulele Playlist: The Black Book (Rock)	0-571-53565-8
Ukulele Playlist: The Purple Book (Jazz)	0-571-53566-6
The Really Easy Uke Book	0-571-53374-4

To buy Faber Music publications or to find out about the full range of titles available
please contact your local music retailer or Faber Music sales enquiries:

Faber Music Ltd, Burnt Mill, Elizabeth Way, Harlow CM20 2HX
Tel: +44 (0) 1279 82 89 82   Fax: +44 (0) 1279 82 89 83
sales@fabermusic.com   fabermusic.com   expressprintmusic.com